Fernande D. Lamy

# La cachette parfaite

Bayard
CANADA

Catalogage avant publication de Bibliothèque et Archives nationales du Québec et Bibliothèque et Archives Canada

Lamy, Fernande D., 1954-

La cachette parfaite

pour les jeunes de 9 ans et plus.

ISBN 978-2-89579-672-5

I. Titre.

PS8623.A489C32 2015          jC843'.6          C2014-941739-X
PS9623.A489C32 2015

Dépôt légal – Bibliothèque et Archives nationales du Québec, 2015
Bibliothèque et Archives Canada, 2015

Direction éditoriale : Thomas Campbell, Gilda Routy
Révision : Sophie Sainte-Marie
Mise en pages et couverture : Intersrcipt
Illustrations de la couverture : © Shutterstock, © joyfuldesigns/Shutterstock.com

Nous reconnaissons l'aide financière du gouvernement du Canada
par l'entremise du Fonds du livre du Canada (FLC) pour des activités
de développement de notre entreprise.

**Conseil des Arts**     **Canada Council**
**du Canada**           **for the Arts**

Bayard Canada Livres inc. remercie le Conseil des Arts du Canada du soutien
accordé à son programme d'édition dans le cadre du Programme des subventions
globales aux éditeurs.

Cet ouvrage a été publié avec le soutien de la SODEC. Gouvernement du Québec –
Programme de crédit d'impôt pour l'édition de livres – Gestion SODEC.

Bayard Canada Livres
4475, rue Frontenac, Montréal (Québec)  H2H 2S2
Téléphone : 514 844-2111 ou 1 866 844-2111
edition@bayardcanada.com
bayardlivres.ca

Imprimé au Canada

Offert en version numérique

» 978-2-89579-959-7
numérique   bayardlivres.ca

*À Laurier, mon amour.*
*Merci à Thomas Campbell et à l'équipe*
*de Bayard Canada pour cette belle complicité.*

Fernande

# La solution

Il y a quelque temps, maman a accepté de remplacer quelqu'un le soir à la clinique. Elle m'a demandé de faire la lecture à mon petit frère Marco avant de le mettre au lit.

— Moi, lui lire des histoires pour qu'il s'endorme ? Pas question ! Il n'est jamais content.

— Chérie, il est incapable de dormir si on ne lui en raconte pas au moins une. Tu le sais. C'est pour une semaine seulement.

Tu étais comme lui à son âge ! Tu t'en souviens ?

— C'est vrai. C'était ma récompense de la journée.

— Alors, es-tu d'accord ?

— Pourquoi papa ne s'en occupe-t-il pas ?

— Élise ! Tu sais qu'il se lève tôt. Il s'endort avant Marco. Allez, fais-moi plaisir. Une petite histoire, cinq soirs seulement.

Je n'aurais jamais dû accepter. J'ai eu beau essayer de ne pas m'énerver, mon frère Marco est insupportable. Le mettre en pyjama est toujours une vraie bataille, et ensuite il faut le calmer. C'est interminable.

Durant cette longue semaine, j'ai découvert tous ses albums de contes.

Il a une série sur les aventures d'un petit dragon bien rigolo. Une autre où l'on voit de gros camions avec d'énormes roues. Il possède également des albums sur les pirates, les astronautes, le père Noël et j'en oublie. Il en a beaucoup d'autres et il les connaît par cœur.

Je tentais tous les soirs de résumer les contes pour me dépêcher de retourner dans ma chambre, mais il s'en apercevait chaque fois. Alors il boudait et faisait semblant de pleurnicher.

— Il manque des mots ! Papa ! hurlait Marco.

— Arrête de crier ! Il est couché !

— Je vais dire à maman que tu ne m'as rien lu.

— C'est un mensonge ! C'est la deuxième, ce soir.

Il me regardait en levant le nez et en croisant les bras avec un petit air de défi. Il le sait, maman prend toujours sa défense.

— Bon, d'accord.

Heureux, il se mettait à sauter sur son lit.

— Arrête ! Tu vas te blesser ! Je m'en vais tout de suite si tu n'obéis pas.

Il se laissait tomber sur les genoux, puis parfois il venait me donner un gros câlin mouillé en me suppliant :

— Lis-en une autre ! S'il te plaît !

Je poussais un long soupir.

— Ah ! tu es tannant !

— Tu es la meilleure sœur du monde.

— Ce n'est pas toujours ce que tu dis…

Et je recommençais. Si je l'avais écouté, j'aurais passé la nuit à lui lire des histoires.

Depuis cette fameuse semaine, mon frère espère que je lui raconterai les aventures de mes romans.

— C'est impossible ! Ils sont vraiment trop vieux pour toi.

Il ne veut rien comprendre et il continue de me déranger à tout moment. Il vient contre mon épaule et il me pose mille questions.

— Comment il s'appelle, le héros ?

— Euh… Jehan.

— Il est fort ?

— Oui, le plus brave du monde. Ça suffit.

— Lis-moi des petits bouts !

— Non !

— Où sont les images ?

— Il n'y en a pas. Regarde.

Je fais défiler les pages devant lui.

— C'est quoi, ce mot ? demande-t-il en mettant un doigt au hasard au milieu d'une page.

Je suis incapable de me concentrer. Il n'est pas question que j'explique quelque chose à cette machine à paroles.

— Tu es trop bébé pour comprendre.

Comme d'habitude, Marco s'enfuit pour se plaindre à maman.

Durant ces moments, une idée géniale que j'ai inscrite dans mon journal intime me revient : je dois devenir une vraie championne pour me cacher dans des endroits insoupçonnés. J'ai déjà noté plusieurs bons refuges. C'est la seule solution pour continuer à lire tranquillement.

Une bonne cachette doit être originale et confortable. Ce n'est pas toujours le cas, comme la fois où j'ai grimpé sur une grosse branche d'arbre. C'était compliqué de tenir mon livre et de garder l'équilibre en même temps. Malgré ça, j'ai adoré l'expérience. Certains lieux ne sont pas originaux, mais ils sont pratiques quand il s'agit de lire, comme la bibliothèque, le parc, ou même l'école, quand je cache mon livre dans mon pupitre.

Je m'enferme quelquefois dans la salle de bain et je m'assois sur les toilettes, mais tout le monde crie après moi, surtout le matin ! Parfois, je me fais prendre. Une fois, j'ai installé une chaise dans la douche et je lisais tranquillement. Je croyais la porte coulissante complètement fermée.

Ce n'était pas le cas.

Soudain, ça a été le déluge ! Mon frère m'avait surprise et il s'était approché sans faire de bruit. J'étais trop absorbée par mon livre pour l'entendre. Il a ouvert les robinets derrière moi. En criant, je me suis précipitée hors de la douche, mouillée de la tête aux pieds.

J'ai rayé définitivement cette cachette de ma liste. Maman a bien ri. Heureusement, mon livre n'a pas été abîmé.

Le fond de ma garde-robe est super, autant que le dessous de mon lit. L'auto de papa, avec la portière verrouillée, est une bonne idée aussi.

Tous les endroits sont parfaits pour échapper à mon petit frère. Maman

trouve qu'elle passe beaucoup de temps
à me chercher.

À l'école, je fais bien rire mon ami Félix
quand je lui raconte tout ce que je dois
inventer pour fuir mon pot de colle de frère.

Félix et moi avons tous les deux onze ans
et nous sommes dans la même classe
depuis la maternelle. Mon ami n'a ni frère
ni sœur.

— Tu exagères ! s'exclame-t-il. Tu te
souviens de notre première journée ?
On n'était pas vraiment sages non plus !

— Oui, je me rappelle. Nous nous
sommes querellés pour avoir le même
album. Chacun de notre côté, nous avons
tiré sur le livre ouvert et nous l'avons déchiré.
On est tombés sur les fesses avec une
moitié de livre dans les mains.

— C'est ça. Tu m'as regardé, te demandant si tu devais rire ou pleurer. Tu faisais une espèce de grimace tellement comique ! me taquine Félix.

— Toi aussi, tu as hésité. Puis on a ri comme des malades.

— Oui, mais notre institutrice nous a grondés. On a dû se contenter d'une moitié d'album, sans avoir la permission de prendre autre chose.

— Une conséquence géniale !

— On a fait quoi après ?

— Voyons, Félix, rappelle-toi. On a sorti nos tubes de colle et on a reconstitué l'album, feuille par feuille. À l'endroit, à l'envers, sans suivre l'ordre des pages, n'importe comment !

— Tu as raison, Élise. On avait des fous rires à en avoir mal au ventre.

— Nous devions être drôles à regarder.

— Les amis ont fait un cercle autour de nous pour voir notre travail, poursuit Félix.

— Nous avons créé un album bien étrange. Des chats marchant au plafond et avec un sourire à la place du front, des oiseaux la tête en bas sur un fil, et même des bulles de savon qui retournaient dans la pipe à bulles. Notre institutrice nous a félicités pour notre collage. Notre dispute s'était transformée en partie de plaisir !

— Je m'en souviens maintenant ! Elle a conservé notre album dans la bibliothèque de la classe. Nous étions très fiers. Elle était heureuse de tout raconter à nos parents. Elle nous a même récompensés en nous donnant à chacun une gommette pour notre beau travail.

— Tu as raison, Félix. On n'était pas toujours très sages.

# À la recherche d'Élise

J'ai découvert une nouvelle cachette : derrière le canapé du salon. Je suis confortablement installée, mais un peu à l'étroit. Je me laisse entraîner par l'histoire.

— Élise ! Ma cocotte ! C'est l'heure de manger !

La voix de maman semble venir d'un autre monde.

Ma mère adore me donner toutes sortes de petits noms. Ils me font bien rire, sauf devant mes amis.

— Élise ? Le souper est prêt !

Je ne réponds pas, plongée dans un passage passionnant. Mon livre ne veut pas me lâcher.

Mon cœur bat si fort que je le sens jusque dans ma gorge. Mon héros est prisonnier.

*Des ombres s'approchaient de Jehan. Le piège se refermait lentement sur lui. Il faisait de plus en plus noir. Une voix lugubre retentit dans la clairière :*

*— Jehan, nous t'avons trouvé.*

— Élise ? Où es-tu ?

Maman hausse le ton.

Je l'entends à peine et je poursuis ma lecture.

*Le souffle de la voix lui glaça la peau. Une mince gelée blanche se forma sur ses mains, s'étendant comme une araignée qui tisse sa toile. Jehan la vit avec effroi progresser vers ses coudes. Il les sentit s'engourdir peu à peu.*

*— Lorsque le froid atteindra ton cœur, tu seras vaincu. Nul ne me résiste !*

— Élise Rochette ! Réponds ! Je sais que tu es dans la maison.

Même si je suis captivée par l'action, je crois avoir entendu mon nom en entier. Ce n'est pas bon signe. Mais je ne peux pas m'arrêter maintenant.

*Soudain, la terre vibra… Quelque chose approchait.*

Cette aventure palpitante fait monter ma tension. C'est tellement réel que j'ai l'impression que des pas résonnent près de moi. Mon imagination me joue-t-elle des tours ? Je n'ai pas le temps de réfléchir à cette question.

— *Vous ne m'aurez pas comme les autres !* cria Jehan en continuant de secouer les bras.

*Il parvint à faire reculer la glace qui tentait de s'emparer de lui. Mais à chaque assaut, il éprouvait de plus en plus de difficulté à conserver sa chaleur.*

Comment va-t-il se sortir de cet affreux piège ? J'ai froid juste d'y penser. Je saisis une couverture et je la mets sur mes épaules. Je continue de frissonner malgré tout.

*Jehan ne devait pas être touché par toutes ces ombres. C'était une question de survie. Il se sentit crouler sous leur poids. Il posa un genou à terre et baissa la tête.*

*« Je dois rompre le cercle, sinon je suis perdu ! pensa-t-il. Éléonore, où es-tu ? »*

« Oui, elle est où, celle-là ? Moi, je ne t'aurais jamais abandonné, Jehan ! » me dis-je.

Mon histoire s'arrête brutalement. Maman vient de découvrir ma cachette. Elle me regarde.

— Voyons, Élise ! Pas derrière le sofa ! Sors de là !

Elle se donne un air fâché, mais j'aperçois un sourire dans ses yeux.

— Évidemment, mademoiselle lit ! Ça fait quatre fois que je t'appelle !

— Je ne t'ai pas entendue, maman.

— Élise...

— Pas vraiment entendue, en tout cas.

Maintenant, le sourire de ma mère est descendu jusqu'à ses lèvres. Elle ne reste jamais fâchée bien longtemps. Elle sait que, lorsque je suis plongée dans un livre, c'est difficile de me remettre les pieds sur terre.

— Viens manger.

— Si tu savais comment c'est excitant ! Tu devrais le lire ! Cinq minutes de plus, s'il te plaît...

— Et après ce seront cinq autres. Non, tout de suite !

Je la supplie encore.

— Je pense que Jehan...

— Qui ?

— C'est le héros de mon livre !

Je change le ton de ma voix pour faire comprendre le passage critique :

— « Je dois rompre le cercle, sinon je suis perdu ! » C'est écrit ! Je n'ai pas faim, en plus.

— Le seul cercle qui m'intéresse en ce moment est autour de la table. Viens, ma chouette ! Tu n'es pas raisonnable. Force-toi un peu pour manger !

À regret, je dépose mon précieux livre. J'ai l'impression d'abandonner Jehan.

— Laisse ta couverture sur le divan.

— Ah, je l'oubliais.

— Alors c'est si bon que ça ?

— Oui ! C'est impossible qu'il se sorte de là ! Qu'est-ce qu'il va faire ?

— Qui ça ?

— Maman ! JEHAN !

— Ah oui ! C'est vrai.

Je ne le sais pas encore, mais une surprise m'attend dans la cuisine.

# Une étrange
# maladie

Papa et Marco sont déjà assis à table.
Le souper est servi. Mon frère a commencé
à dévorer le contenu de son assiette. Rien
ne lui coupe l'appétit.

Papa nous regarde nous approcher et
il demande à maman :

— Sonia, je suis curieux de savoir où
notre taupe était cachée cette fois...

— Derrière le canapé, dans le salon, assise par terre avec une couverture sur les épaules.

— Cette cachette, c'est la première fois ?

Maman acquiesce de la tête en s'assoyant. Papa m'observe avec attention.

— Tu es toute rouge.

Il touche mon front lorsque j'arrive près de la table. Sa main est glaciale.

— Oh ! tu es chaude ! Es-tu malade ?

Je m'assois sans répondre, en levant les épaules.

— Elle faisait quoi ?

— Tu le sais bien, Roger ! Elle lisait.

Marco quitte brusquement son assiette des yeux.

— C'est quoi, l'histoire ? demande-t-il, la bouche pleine de pâtes.

— Chéri, on ne parle pas comme ça, dit maman. Ce n'est pas joli !

— Tu veux savoir le titre ? Je vais te le dire. C'est... *Marco et l'arbre à spaghettis* !

Papa manque de s'étouffer en pouffant de rire.

Crédule, mon frère arrondit les yeux.

— C'est vrai ?

— Oui ! Les pâtes poussent sur les branches à la même vitesse et de la même longueur. Il y a des arbres à spaghettis dans tous les pays du monde.

— Raconte-la-moi !

— NON ! Tu es trop bébé !

— MAMAN !

— Élise ! Ne fais pas crier ton frère, intervient maman. Mais non, Marco ! Elle te taquine.

Papa a de la difficulté à rester sérieux.

— Un arbre à spaghettis ! Où vas-tu chercher ces idées farfelues ?

— Ça existe pour de vrai ? s'informe Marco qui a retrouvé sa bonne humeur. J'en veux un !

— Impossible. C'est une histoire inventée. Ta sœur fait le clown pour nous amuser. Elle a beaucoup d'imagination.

Papa ajoute :

— Va te laver les mains, Élise, puis reviens à table et mange. Et ne t'arrête pas en route !

Je m'éloigne en riant, laissant mon petit frère protester.

La tentation est forte de retourner derrière le sofa, où m'attend Jehan. Mais papa ne serait pas content, et Marco viendrait me rejoindre avec ses mains pleines de sauce tomate.

De retour de la salle de bain, je croise les bras et je baisse la tête. Je répète les mêmes mots :

— Je n'ai pas faim. Je ne me sens pas très bien. Je peux m'en aller ?

— Non, tu restes à table avec nous.

— Papa...

— Depuis quelque temps, tu n'as pas beaucoup d'appétit, soupire maman.

Il y a un petit silence. Je fixe mon assiette sans répondre.

Papa tousse un peu comme pour s'éclaircir la voix :

— Élise, tu as emprunté trois livres à la bibliothèque. Où en es-tu dans tes lectures ?

— À la moitié de mon troisième ! dis-je fièrement.

— Déjà ! C'est quel genre d'histoire ?

— Du fantastique ! C'est tellement bon. C'est le meilleur livre de ma vie.

Je me mets à m'agiter pour mimer la scène que je viens de lire.

— Le héros s'appelle Jehan. Il a un pouvoir depuis sa naissance. Une espèce de phénomène rare. Du jamais-vu.

— Quelle sorte de pouvoir ?

— Durant un orage, un éclair a frappé sa mère lorsqu'elle était enceinte de lui. Elle a eu un choc sans gravité, mais à la naissance de Jehan, il avait hérité de cette incroyable énergie.

— Wow ! Oui, c'est rare.

J'aime ça quand papa me demande des détails.

— Il est super fort, mais à cause de ça, il s'est fait plein d'ennemis. En ce moment, il est seul contre tous. Tu devrais le lire, toi aussi !

Marco commence à imiter mes gestes et à répéter tout ce que je raconte.

— Il est… super… fort. Plein… d'ennemis…

— Marco, arrête ! C'est sérieux.

Mon perroquet de frère reprend :

— Marco, arrête ! C'est sérieux.

— Maman, dis-lui d'arrêter !

Et ça continue mot après mot. Il se moque de moi.

— Là, c'est vrai, je ne te trouve pas drôle

Maman lui demande de cesser, et Marco s'arrête enfin. Je ne peux pas le croire. Un vrai miracle.

Je continue de parler de mon roman avec papa.

Je vois mon frère faire la moue et déposer sa fourchette sur la table.

— Moi non plus, alors, je n'ai plus faim, dit-il en faisant un geste pour se lever.

Ça, c'est le comble. C'est totalement faux. C'est seulement pour qu'on s'occupe de lui.

— Tout le monde reste à table, ordonne papa.

Puis il ajoute en se frottant les mains de plaisir, convaincu de ramener la bonne humeur :

— Il y a une surprise pour le dessert...

Marco finit sa phrase en vitesse :

— De la tarte aux cerises ! Mais pas pour Élise !

— Ta sœur va en avoir, elle aussi, mon petit homme !

Je me redresse. Mes yeux s'illuminent, car c'est mon dessert préféré. Maman me fait un grand sourire. Elle est contente de voir mon appétit revenir. Je termine mon assiette sans qu'on me le demande.

# Un secret
# à garder

Depuis quelque temps, mes parents me croient malade. Je suis souvent fiévreuse et je manque d'appétit. Je les ai entendus en parler un soir dans leur chambre. Ils ont dit que, si ça continuait, ils m'emmèneraient voir le médecin. Je me force à manger pour ne pas trop les inquiéter.

La véritable raison de cette maladie, je la connais. La découverte d'un bon livre me rend la tête chaude et me coupe l'appétit.

Je n'ai qu'une obsession : lire encore et encore. Ma mère cherche par tous les moyens à me redonner le goût de manger. Alors elle me cuisine mes plats favoris.

Et ça marche à tout coup.

— Élise, mange doucement, insiste ma mère.

J'avale ma dernière bouchée de tarte.

Je me lève et commence à débarrasser la table.

— Non, laisse faire. Je vais m'occuper de la vaisselle. N'oublie pas, ne dépasse pas vingt et une heures.

Je saute de joie et j'embrasse ma mère. Elle termine sa phrase en me faisant un clin d'œil.

— Et cette fois, choisis le dessus du canapé et non l'arrière, d'accord ?

— OK ! À condition que Marco ne vienne pas me déranger !

Je vois mon frère se lever de sa chaise pour me suivre.

Il se met à courir et il se précipite sur le divan. Il se trémousse et fait les yeux doux à maman.

Par chance, papa intervient. Il le prend dans ses bras.

— Viens ici, jeune homme ! Laisse ta sœur un peu tranquille.

La soirée est parfaite. Mon père s'amuse avec Marco. À l'heure d'aller au lit, mon frère insiste tellement que papa accepte de lui raconter une histoire, mais une seule !

Une fois n'est pas coutume. Maman sourit, car elle sait que papa va encore s'endormir avant mon frère.

Je m'installe confortablement sur le sofa pour retrouver Jehan. Je m'emmitoufle dans ma grosse couverture, car ces êtres de glace me donnent froid.

Je relis le dernier paragraphe pour ressentir l'émotion qui m'habitait juste avant d'arrêter ma lecture.

*Le redoutable Glaciatus avait envoyé son armée de la nuit. Jehan l'avait combattu sans relâche. Il n'avait qu'à rester sans bouger, et bientôt tout serait terminé. Il était l'ultime obstacle aux terribles plans de son ennemi.*

— Non ! Tu dois lutter. Tout le monde compte sur toi.

— Qu'est-ce que tu dis ? me demande maman de la cuisine.

Je réalise que je viens de parler à haute voix.

— Hum... non... rien.

*Le jeune combattant devait s'approcher d'une seule de ces entités puisque son corps pouvait encore émettre cette chaleur irradiante. Son ennemi gagnait chaque jour un peu plus de puissance.*

*À cette pensée, l'urgence d'agir gronda comme un grand feu, lui donnant un sursaut d'énergie. Il mit ses mains devant sa bouche, et la glace se liquéfia. Mais son souffle était de plus en plus faible.*

— Élise ! Le téléphone, c'est pour toi !

— C'est qui ?

— Félix.

Mon livre sous le bras, je m'enfuis dans ma chambre avec ma couverture sur les épaules.

— Allô, Félix ! Tu m'appelles à un moment crucial.

— Je gage que tu lis le roman de Jehan ? Je l'ai fini ! précise-t-il. Tu sais le passage où les ombres sont…

— Arrête ! Je ne veux pas savoir ce qui arrive. Ne me le dis pas !

— J'ai hâte d'en parler avec toi.

— Ouais… mais avec un frère collant comme le mien, j'ai du retard à rattraper. Je ne pourrai même pas finir ce soir.

— Où en es-tu dans l'histoire ?

— Jehan est tenté de tout abandonner…

— Ah oui ! Eh bien, là, il va…

Je raccroche sans lui laisser le temps de terminer sa phrase. Félix m'aurait révélé la suite, sans aucun doute.

Je le rappelle pour m'excuser.

— Je ne veux pas être méchante, mais c'est décevant de se faire raconter la fin d'une histoire comme celle-là. Tu en aurais fait autant. Pas vrai ?

— Oui, tu as raison. Pardonne-moi. Je viens juste de fermer le livre et je suis encore tout énervé.

Nous rigolons avant de raccrocher, en constatant que nous avons les mêmes réactions.

Je m'installe sur mon lit pour reprendre mon roman.

*Jehan remarqua trois ombres pressées les unes contre les autres. Celle du centre semblait offrir une faible résistance. Il n'en suffisait pas plus pour lui redonner la force de faire l'impossible.*

*— Lequel, parmi vous, sera le premier à être touché ? cria-t-il.*

*Une vague d'hésitation parcourut ses assaillants, mais le cercle resta soudé.*

— Ah ! Jehan ! Tu vas mourir de froid ! Ne fais pas ça ! Tu es si courageux !

Je grelotte tellement je suis captivée par l'histoire.

L'heure du coucher est bientôt arrivée.

En semaine, il n'y aucun passe-droit. Je dois arrêter ma lecture.

Je regarde autour de moi pour m'assurer que personne ne m'espionne.

Je prends mon livre et je l'embrasse. Si quelqu'un me voit faire ça, je meurs de honte. Mais je suis seule, la porte de ma chambre est fermée.

— À demain, Jehan ! Je te retrouve dans l'autobus.

Depuis que j'ai commencé ce roman, je rêve souvent de lui. C'est mon secret, je ne l'ai jamais dit à personne.

# Une escapade nocturne

C'est vendredi soir, il est tard. Mon frère dort depuis longtemps. J'ai fait mes travaux scolaires en un temps record dès mon retour de l'école. Cela me laisse la fin de semaine pour terminer mon roman. Je suis assise sur mon lit. Impossible de décrocher. Je suis emportée par l'action.

*Jehan s'avança vers les trois entités aux comportements suspects. Celle* du centre l'attirait de façon mystérieuse. Un mince filet de chaleur émanait encore de sous son manteau.

Un murmure résonna dans sa tête, sans qu'un son soit émis : « Au secours ! Je meurs ! »

Ces mots paraissaient sortir d'un très lointain tunnel.

Jehan communiquait par télépathie avec un être de glace ! Commençait-il à délirer ? On aurait dit la voix d'Éléonore !

— C'est elle ! Vite, Jehan ! Tu vas la perdre si tu attends trop !

Le visage d'Éléonore ressemblait à celui d'une poupée de porcelaine, à la fois beau et effrayant. Ses yeux étaient vitreux, ternes et sans vie.

*Il aurait voulu la prendre dans ses bras, mais il avait peur de la voir éclater en mille morceaux.*

*— Éléonore ! C'est moi, Jehan !*

— Élise ! Éteins ! Tu finiras demain !

Je mets du temps à réaliser que c'est maman qui me parle depuis sa chambre. Elle n'élève pas trop la voix pour ne réveiller personne.

— Maman, j'ai bientôt fini.

— Non, range ton livre et éteins la lumière, s'il te plaît, ma cocotte.

— Oui, oui ! Encore un peu.

Je n'attends pas sa réponse pour replonger.

*Jehan envoya à Éléonore ce qui lui restait d'énergie en se concentrant*

*intensément. Les deux ombres entourant
la jeune fille la poussèrent vers l'arrière et
refermèrent le cercle.*

Je n'entends plus ce qui se passe autour
de moi. Mon cœur bat très vite.

*Avant d'être englouti par les monstres
de glace, le héros décela une flamme
vacillante, luttant pour ne pas s'éteindre.*

*« Éléonore, formula-t-il faiblement en
pensée, je t'aime ! »*

*La noirceur et le froid le submergèrent.*

Soudain, ma chambre est plongée dans
l'obscurité. Je sursaute comme si je venais
de rater une marche d'escalier.

Quelqu'un me prend le livre des mains,
puis le dépose sur ma commode.

— C'est moi. J'ai éteint à ta place. Tu as vu l'heure ? Minuit et demi !

— Maman ? Non !

— Pas si fort. Tu vas réveiller ton frère. Dors, maintenant !

— Encore dix minutes !

Elle rallume et elle vient me donner un baiser sur la joue.

— Tu me racontes toujours la même chose, ma chérie. Tes dix minutes finissent tout le temps par être une heure. Dors ! Tu es brûlante.

Maman retourne éteindre la lumière et elle murmure juste avant de sortir :

— Et pas de lampe de poche sous les couvertures.

J'ai envie de pleurer. Je n'ai pas sommeil. En colère, je donne un gros coup de poing à mon oreiller.

Puis je me calme pour réfléchir. Je repense aux endroits où je me suis déjà réfugiée. Ceux dans la maison sont trop risqués.

Je veux finir mon livre à tout prix. C'est un moment crucial pour Jehan. La position dans laquelle se trouve mon héros me fait souffrir autant que lui.

Je dois me cacher pour terminer ma lecture, puis revenir dans mon lit le plus rapidement possible. Personne ne le saura.

J'attends longtemps. Doucement, je me lève en m'efforçant de ne pas faire de bruit. Je n'ai pas besoin de lumière, je connais ma chambre par cœur.

Je trouve mon livre et je le glisse sous mon bras. J'ouvre mon tiroir et je m'empare d'une lampe de poche.

J'entends un son. Je retiens mon souffle un moment pour écouter. Suis-je découverte ?

Le bruit provient de la chambre de mes parents. Papa a toussé.

Ce n'est pas un être de glace. Je souris. Mon livre est en train de prendre vie. Je lâche un soupir. Je reste immobile. Il faut que je patiente encore un peu. Tout redevient silencieux.

Sur la pointe des pieds, je saisis la chaise de mon bureau et je l'approche de ma fenêtre. Elle est déjà ouverte, sauf la moustiquaire. Je la fais glisser

et je m'arrête pour m'assurer que rien
ne bouge.

Ce roman prend une étrange tournure.
Il m'entraîne dans une véritable aventure.
Je ne suis jamais sortie en pleine nuit pour
un autre livre, car l'obscurité me fait peur et,
surtout, je désobéis rarement à maman.

« Allez, c'est juste une fois. Tout le
monde dort de toute manière. »

Je me sens comme mon héros, prête
à tout pour surmonter les obstacles.

Je me hisse sur le rebord de ma fenêtre
et je referme la moustiquaire. Après une
profonde respiration, je saute souplement.
Les lumières de la rue sont juste assez fortes
pour m'empêcher de me cogner sur la table
et les chaises du jardin. Je n'allume pas ma

lampe de poche. Cela pourrait attirer l'attention des voisins.

Je connais l'endroit idéal pour me cacher : la remise. Elle est très grande et se trouve au fond de la cour.

Marco m'a dit avoir vu une souris, l'autre jour. Il a sûrement raconté cela pour se rendre intéressant. Et si c'était vrai ? Ça complique mon expédition.

Ce détail me fait hésiter. Ce n'est pas le moment de croire les histoires de mon frère.

J'écoute mon courage, puis j'entre. Une chance que j'ai ma lampe, car ici, il fait très noir.

Je dirige la lumière autour de moi. Jehan aurait bien besoin de lumière, lui aussi.

Derrière, dans un coin, j'aperçois
un matelas pneumatique de piscine, que
mon père n'a pas dégonflé. Je vais pouvoir
m'y installer.

Une cachette parfaite.

Je ne me sens pas trop bien. Je tiens
très fort ma lampe. Sa lumière s'agite
un peu trop vite. On dirait que je tremble !
Je vois des ombres partout.

Mes pas font craquer le plancher.
Je m'arrête et murmure :

— Il y a quelqu'un ?

Aucune réponse. Il n'y a personne,
même si mon imagination tente de me
persuader du contraire.

Qu'est-ce que je fais ici ? Le livre
sous mon bras me ramène à la raison de
mon escapade.

La remise est pleine d'objets bizarres vus à la faible lumière. Je prends garde à l'endroit où je pose les pieds pour ne pas tomber.

J'atteins le matelas avec un soupir de soulagement. On dirait que je viens de traverser des kilomètres de pièges aussi dangereux que la forêt où se trouve Jehan.

Je m'installe, et mes yeux s'habituent rapidement à la lueur de la lampe de poche. L'heure file. Je suis partie dans le monde de mon héros.

*« Éléonore, formula-t-il faiblement en pensée, je t'aime ! »*

Je suis épuisée comme mon personnage. Mes yeux sont brûlants.

Je les ferme pour mieux imaginer la situation, emportée par ce moment de l'histoire.

J'étreins mon livre et je repasse la scène dans ma tête.

# La capture
# de Marco

J'entends du bruit.

Je ne me souviens plus de rien.
J'ai un peu froid. De la main, je cherche
une couverture, car, de l'autre, je tiens
un livre. Où suis-je ? Pendant quelques
secondes, j'essaie de mettre de l'ordre
dans ma tête. Quelqu'un me pousse
l'épaule.

— Élise !

— Félix ? Qu'est-ce que tu fais ici ?

— Tu m'as appelé pour me dire de te rejoindre !

— Quand ça ?

Il ne répond pas.

— Suis-moi ! Il faut faire vite.

— Pour aller où ? Qu'est-ce qui se passe ?

— Ils ont capturé Marco !

— Quoi ? Mon frère ? Impossible !

— Tu voulais être tranquille. Ils ont exaucé ton vœu.

Félix s'avance vers la sortie. À l'instant où il touche la porte, j'ouvre mon bouquin en criant :

— Attends ! Je dois savoir ce qui arrive. Ce n'est pas comme…

— Non ! Tout est en marche.

— Qu'est-ce que tu veux dire ?

Je me sens perdue. Je dois regarder dans mon roman. Je n'ai vu aucun passage sur Marco. Il doit y avoir une erreur. Je commence à trembler. Mes doigts parviennent à peine à tenir les pages.

Je penche la tête vers les mots qui brillent entre mes mains, et puis tout bascule. Je suis projetée au milieu d'une forêt sombre. Je devine la présence d'ombres mouvantes.

— Où sommes-nous ?

Je continue à fouiller les pages sans rien trouver.

— Félix, aide-moi à chercher où l'on parle de Marco !

Encore une fois, je n'obtiens aucune réponse.

Au ralenti, je lève les yeux vers Félix. Il n'est plus là.

Le contact de mon livre me rassure et me réchauffe. Mais où est donc ce passage ? Je perds du temps.

Des pas résonnent près de moi et me font tourner la tête. Un inconnu est là, silencieux, vêtu entièrement de noir, marchant à mes côtés.

Sa respiration est rauque. Je ralentis pour qu'il me devance. Il ne me remarque pas.

Je sens son pouvoir agir sur moi. Je suis entraînée comme une prisonnière. Je resserre mon livre.

Plusieurs inconnus me dépassent, mais je n'arrive à voir aucun visage. Ils sont tous habillés de la même façon. Je suis la seule à être vêtue d'un pyjama.

Nous avançons vers le même but.

Brusquement, l'être marchant le plus près de moi s'arrête et commande à ceux qui sont là d'en faire autant.

J'aperçois des silhouettes noires former un immense cercle. On me pousse et on me bouscule, comme si j'étais invisible. Soudain, un inconnu s'approche de moi. Il est très grand et très froid. Il me malmène pour que j'avance plus rapidement. Le geste, plus violent que les autres, fait tomber mon livre. Je veux me retourner pour le ramasser, mais on m'en empêche. Une ombre lui donne un coup de pied et le fait disparaître dans la forêt.

— Non ! J'en ai besoin ! Je dois l'avoir pour savoir où est Marco ! Rendez-le-moi !

Personne ne prête attention à mes cris.

Je fais partie du cercle maintenant. Le froid commence à me gagner. Je frissonne en entendant :

— Elle a désobéi ! Elle doit être punie !

Les êtres près de moi répètent les mêmes mots.

Je me débats pour me défaire de cette dangereuse influence.

Mes paupières refusent de s'ouvrir. Je ne sais plus si je rêve ou si je suis éveillée. Les battements de mon cœur s'accélèrent, puis ralentissent...

— Au secours ! Je meurs !

Qui a dit ces mots ? Je me sens dans la tête d'une autre personne.

Mais qu'y a-t-il au centre ? Ça bouge…

Je fixe l'objet avec difficulté, au travers de la buée sortie de ma bouche.

J'entends crier le nom de Jehan-Félix. Je ne comprends plus rien.

— C'est une erreur ! Son nom est Jehan ! dis-je.

Près de moi, quelqu'un explique, impatient :

— Mais Félix et Jehan sont une seule et même personne !

Je me force pour mieux voir.
J'ai l'impression de regarder à travers le mauvais bout des jumelles. Il est minuscule.

Le prisonnier au centre ressemble à Félix. Je veux lui faire signe, mais on me serre de plus près encore.

Je devine le regard de mon héros tourné dans ma direction.

Le froid m'engourdit de plus en plus, cherchant à m'enlever ma résistance pour secourir Jehan-Félix. Son nom résonne dans ma tête. Je lutte pour demeurer forte et éveillée. Puis je songe à Marco.

En pensant à lui, je m'efforce de garder les yeux ouverts. Mes paupières restent bien lourdes.

C'est impossible de savoir où est mon frère. Même l'histoire refuse de m'aider.

Pourquoi Félix a-t-il pris la place de Jehan ? Tout est confus dans ma tête.

# Une mystérieuse lumière

Une voix terrifiante secoue la forêt.
Elle ordonne d'attaquer Jehan-Félix. Elle
fait même trembler ses partisans.

Oui, je me rappelle, c'est dans l'histoire !
Je reprends courage.

— Élise-Éléonore, je t'aime.

Ce souffle me réchauffe. Il vient
de Jehan-Félix. Maintenant, je peux
mieux voir.

Je sais où je me trouve. Je suis en ce moment dans la tête de l'élue de son cœur !

Ceux qui la retiennent la poussent violemment par-derrière. Ce geste me fait redevenir Élise.

Je vois Éléonore tout près de moi, se débattant contre le froid mortel dont elle est atteinte. Jehan-Félix a ranimé une flamme encore bien fragile.

Je n'ai qu'un but : retrouver mon livre. Il sera ma force pour vaincre.

Mon regard est attiré par une lumière mystérieuse au loin. Elle perce l'obscurité de la forêt. Je le vois. Il faut faire vite.

Je me calme et je prends une profonde respiration en tendant les mains en direction de la lumière. J'ordonne à mon livre de venir à notre secours :

— Allez, viens ! Nous devons aider nos héros !

Pendant quelques secondes, l'objet ne bouge pas. Je crie à nouveau :

— VIENS !

Mon livre s'élève dans les airs et vole jusqu'à moi. Il ressemble à une étoile filante. Sans attendre, je m'élance au secours de Jehan-Félix.

Les ombres se sont précipitées sur lui. Je le vois combattre avec acharnement. Quelques êtres de glace le touchent en brisant le lien du cercle. À son contact, ils éclatent en mille morceaux et d'autres fondent comme de la neige au soleil.

Je cherche avec ardeur le passage où Éléonore doit aider Jehan-Félix. Je ne me rappelle plus où il est.

Tout dépend de moi. Jehan-Félix est par terre et, dans un appel silencieux et désespéré, il tend la main vers le ciel. Elle est couverte de glace.

— J'ai compris ! Son amoureuse doit lui saisir la main.

Je cherche la jeune fille des yeux. Je crie de toutes mes forces :

— Éléonore ! Il t'appelle !

Alors je me précipite pour la rejoindre et l'aider à sortir de son engourdissement mortel. Je lui touche l'épaule pour lui communiquer ma chaleur.

— Il t'aime !

Un courant électrique passe entre nous.

— Oui. C'est à moi de le sauver maintenant, dit Éléonore comme si elle venait d'émerger d'un profond sommeil.

L'affreux manteau noir de la captive tombe à ses pieds. Elle est vêtue d'une robe longue flamboyante. Elle rayonne au travers de la forêt.

Éléonore bondit pour attraper la main de Jehan.

Le cri terrible de Glaciatus retentit :

— NON ! Votre chaleur m'appartient.

Il est trop tard. Il a perdu. Il disparaît dans la forêt, laissant derrière lui un nuage glacial.

Jehan et Éléonore sont enfin réunis. Leur énergie fait fuir le reste des êtres de glace.

Je soupire profondément.

— Un jour, je lirai cette histoire à mon frère. Mais où est-il ? Je l'ai oublié. MARCO !

Je me relève, j'attrape mon livre avant qu'il tombe et je continue de crier le nom de mon frère.

# Rêve
# ou réalité ?

La voix de Sonia est inquiète.

— Roger ! Réveille-toi !

— Quelle heure est-il ? demande son mari endormi.

— Deux heures du matin ! J'entends crier dehors ! Écoute !

— Mais… Oui. Tu as raison !

Intrigué, il se lève et s'approche de la fenêtre. Sonia le rejoint.

— C'est chez les voisins ?

— Non. On dirait que ça vient de la remise.

Le bruit suspect s'arrête.

— Maman !

— Ah ! Marco est debout.

Sonia se tourne vers lui en le voyant entrer dans leur chambre.

La voix ensommeillée, il demande en se frottant les yeux :

— Maman, pourquoi Élise crie mon nom dehors ?

— Qu'est-ce que tu dis ?

— Oui ! Je l'ai entendue. Ça m'a réveillé !

Affolée, Sonia se précipite dans la chambre de sa fille.

— Roger ! Le lit est vide !

***

Je me réveille en sursaut, en criant le nom de Marco. Mon livre n'a pas quitté mes bras.

— J'ai oublié Marco.

Je reviens lentement à la réalité. Je me calme.

— Ouf ! mais non. J'ai rêvé !

Ma lampe de poche est encore allumée. Grâce à la lumière, je réalise que je suis toujours dans la remise. J'ai froid. Je n'ai aucune idée de l'heure qu'il est.

Catastrophe ! Papa et maman vont être en colère. Je ne pourrai pas lire pendant une semaine ou plus.

Tout est silencieux autour de moi.
C'est bon signe. Je redouble de précautions
en sortant de la remise. Ce n'est pas le
moment de faire une bêtise.

J'ai peut-être une chance de retourner
dans mon lit avant qu'ils découvrent ma
disparition.

J'approche une chaise de jardin contre
le mur sous la fenêtre de ma chambre.
J'ouvre la moustiquaire sans faire de bruit,
avec la lenteur d'un escargot.

Je grimpe et me glisse à l'intérieur.

— SURPRISE !

La lumière de ma chambre s'allume.

Marco est dans les bras de papa. Il crie
et rit en tapant des mains.

— Élise va être punie !

Mes parents ne rient pas du tout.
Ils me regardent sévèrement.

— Élise Rochette ! Tu nous as fait peur !

— Il est deux heures du matin !

— Ne recommence plus jamais !

— Tu as désobéi !

Papa et maman parlent en même temps.

— Dis quelque chose !

Maman est si nerveuse, comme si elle
allait pleurer.

— C'est tellement bon ! dis-je pour
seule défense.

Je les regarde d'un air honteux.

— Je me suis endormie.

Enfin, ils éclatent de rire. Je suis
soulagée.

— Tu es incorrigible ! s'exclame maman en me serrant fort dans ses bras.

Le ton n'est plus le même.

— À la cuisine, tout le monde !
Un morceau de tarte aux cerises et un verre de lait nous feront le plus grand bien, suggère papa.

Nous sommes tous d'accord. À table, papa me demande :

— Mais pourquoi est-ce que tu criais le nom de ton frère ?

— Je me suis réveillée en l'appelant.

— J'étais dans ton rêve ? Qu'est-ce que je faisais ?

— Rien. Je te cherchais.

Le regard d'incompréhension de Marco est très drôle.

Maman reprend son sérieux :

— Tu nous as vraiment fait peur, chérie !
Il faut que tu nous promettes de ne plus
sortir la nuit sans nous avertir ! Puis se
cacher dans la remise, c'est dangereux !
Tu aurais pu te blesser.

Papa enchaîne :

— Oui, c'est vrai, avec mes outils,
des clous ou n'importe quoi.

— Et il y a la souris !

La remarque de Marco provoque un
nouveau fou rire.

— C'est promis !

— D'ailleurs, cocotte, c'est quoi le
titre de ce fameux livre ? demande papa.
Je vais peut-être le lire.

— *Jehan et le pouvoir de l'éclair.* C'est super.

Maman me demande :

— Avec toutes ces émotions, est-ce que tu as au moins réussi à le terminer ?

Pour toute réponse, je secoue la tête en souriant.

Il est vraiment tard quand je retourne dans mon lit. Quelle aventure ! J'ai de la difficulté à m'endormir. Je me revois dans mon rêve au moment où le livre a volé vers moi. C'était fantastique.

Je finis par trouver le sommeil. Je pense à Félix et à tout ce que j'aurai à lui raconter.

# Une belle sortie

— Élise, lève-toi !

Je monte ma couverture par-dessus ma tête. Je marmonne, ensommeillée :

— Pas tout de suite, maman.

J'ai de la difficulté à me réveiller. La nuit a été mouvementée et courte.

— C'est samedi. Je peux rester couchée.

— Comme tu veux ! Mais ta cousine Laurie vient de téléphoner.

Mes yeux s'ouvrent d'un coup, comme s'il y avait des ressorts sur mes paupières.

— Qu'est-ce qu'elle voulait ?

— Elle t'invite à passer la fin de semaine avec sa sœur.

Je m'assois dans mon lit. Maman, qui est déjà partie à la cuisine, devine ce que je m'apprête à faire :

— Tu n'as pas besoin de leur envoyer un message texte ou de leur téléphoner. J'ai accepté pour toi. Ton père va t'y amener. Il pourra en profiter pour voir son frère.

En un clin d'œil, je me retrouve près d'elle en riant.

Laurie et Amélie sont des sœurs jumelles. Elles ont un an de plus que moi. Je les aime beaucoup. Je m'amuse toujours bien chez eux. J'ai eu de la peine quand elles ont déménagé à la campagne, loin de chez moi. Après Félix, ce sont mes meilleures amies.

Étrange, je ne me sens plus du tout fatiguée.

— Ça va te changer les idées. On dirait que ton livre t'avait ensorcelée, déclare maman.

Je me tape le front.

— Ah ! mais c'est vrai ! Je voulais aller porter mes livres à la bibliothèque.

— Donne-les-moi. J'ai des courses à faire. Je m'en occuperai. Il y a une suite à *Jehan et le pouvoir de l'éclair* ?

— Mmm... Je ne pense pas. J'irai vérifier et en chercher d'autres cette semaine.

Je suis vraiment excitée. Je file dans ma chambre pour me préparer.

*** 

À mon arrivée, mes cousines m'accueillent avec un débordement d'énergie et m'entraînent vers l'escalier.

— Viens, nous allons monter tes affaires dans la chambre d'amis.

Je remarque pour la première fois une petite porte sous l'escalier.

— Qu'est-ce que c'est ?

— Un placard dans lequel les anciens propriétaires rangeaient le bois. Maintenant, nous y mettons nos équipements de sport, répond Amélie.

Curieuse, j'ouvre la porte. Ma réaction fait sourire mes cousines.

— Si on en avait un à la maison, je m'en servirais comme cachette pour lire. Cette manie me suit partout.

— Ah bon… Tu te caches pour lire ? me demande Laurie.

Je leur raconte mes recherches pour fuir mon frère et mon aventure de la veille.

— Tu es sortie toute seule en pleine nuit ?

Les jumelles ont les yeux ronds d'admiration.

— Oui ! Il me fallait un endroit génial pour ne pas être interrompue dans ma lecture.

Elles veulent en savoir plus, mais ma tante nous appelle à ce moment-là :

— Dépêchez-vous, les filles, la journée est bien chargée.

Mes cousines m'aident à m'installer dans la chambre en m'expliquant le programme. Elles me confient même que, ce soir, il y aura une surprise. J'ai hâte de découvrir laquelle !

La journée passe à toute vitesse. D'abord, j'assiste à un match de soccer pour encourager mes cousines. Elles font partie de l'équipe mixte du village. Je suis la plus bruyante de leurs partisans et je n'hésite pas à crier leur nom. Le match est captivant. Malgré un score serré, l'équipe adverse l'emporte.

Bien sûr, les jumelles sont un peu déçues d'avoir perdu, mais il en faut plus pour entamer leur bonne humeur. Avec un grand sourire, elles m'annoncent que, ce soir, il y aura une fête chez elles.

De retour à la maison, il n'est pas question de traîner. Nous nous rendons à la cuisine pour préparer le repas.
Au menu : des croustilles, des crudités, sans oublier de la pizza pour tout le monde.

Musique et feu de joie sont aussi prévus, car les jumelles ont une immense cour. Ce sera une super soirée !

— Vos amis arrivent ! crie soudain mon oncle.

J'avais un peu peur d'être gênée, car je ne connais personne, mais ce n'est pas le cas. Laurie et Amélie savent nous mettre à l'aise. J'ai même l'impression de connaître leurs amis depuis longtemps.

# Le grenier

Malgré de gros nuages noirs dans le ciel, l'ambiance est à la fête.

— J'espère qu'il ne pleuvra pas ! s'exclame Laurie en me servant une pointe de pizza.

Je lève les yeux et je reçois une première goutte. C'est comme le signal du départ. D'un coup, la pluie se met à tomber. En criant et en riant, tout le monde s'abrite sous le pavillon du jardin pour finir de manger.

Pendant quelques secondes, nous regardons la pluie sans rien dire. Le temps n'est pas près de s'éclaircir, car l'averse s'intensifie.

Ma tante nous demande alors de rentrer pour ne pas attraper froid. Nous n'avons pas d'autre choix que d'obéir.

Le bois pour le feu est déjà tout mouillé.

Amélie est près de moi. Un peu déçue de ne plus pouvoir s'amuser dehors, elle est néanmoins décidée à ce que la fête continue. Il n'est pas question que la soirée tombe à l'eau.

À l'intérieur, mes cousines nous demandent nos suggestions d'activités.

Les jeux vidéo sont les premières idées proposées. D'autres veulent écouter de la musique ou regarder des films. Aucune suggestion ne fait pourtant l'unanimité.

Tout à coup, Laurie lance :

— J'ai une bonne idée ! Suivez-moi !

À notre grande surprise, elle nous entraîne dans le grenier où nous sommes accueillis par une forte odeur de poussière. Ma cousine allume une faible lumière au plafond. Des ombres se dessinent sur les murs, rendant la pièce un peu inquiétante. Nous restons figés en regardant partout. La pluie tambourine sur le toit comme des milliers de petits pas au-dessus de nos têtes.

Je suis fébrile. Ma première pensée est que ce serait là une excellente cachette.

Autour de la pièce, nous voyons des meubles poussés dans les coins, des vêtements démodés suspendus au plafond. La lumière les fait ressembler à des fantômes. Il y a des chapeaux déformés, des cadres ovales affichant des inconnus aux regards sévères. Avec ces coins sombres remplis d'une multitude d'objets, cet endroit est un véritable bazar. Il y a aussi d'anciennes chaises berçantes et des coffres poussiéreux.

Sans attendre, Laurie et Amélie les approchent et les disposent en cercle au milieu de la pièce. Elles nous invitent à nous asseoir.

Je choisis une chaise berçante au vieux coussin usé. Elle fait grincer le plancher lorsque je m'installe, ce qui crée encore plus d'ambiance.

Les garçons décident de s'asseoir sur les coffres.

— C'est super, ce grenier ! On se croirait dans une maison abandonnée, lance Zachary.

— Ou hantée, ajoute Louis-Philippe.

Un frisson d'excitation secoue tout le monde.

— Qu'est-ce qu'on fait maintenant ? demande Noémie.

— On s'amuse à se faire peur, propose Laurie. Et si quelqu'un quitte la pièce avant que le jeu soit fini, ce sera le froussard de la soirée !

C'est une excellente idée.

— Alors qui commence ?

— Moi ! s'exclame spontanément Amélie.

Elle nous regarde tour à tour en cherchant ce qui peut nous faire réagir. Elle prend son temps. Le silence est total. Noémie tousse, signe de sa nervosité. Nous entendons toujours la pluie tomber avec force.

Ma cousine s'arrête en me fixant :

— Élise est assise sur un nid de souris.

C'est la panique. Tout le monde se lève en même temps, en criant. Je me secoue et j'examine attentivement mon coussin. Rien ne bouge. Certaines amies sont déjà près de la porte. J'ai le goût de fuir, mais je me retiens. J'avance lentement la main et donne un rapide coup pour le faire tomber.

Je me calme en pensant à l'endroit où j'ai dormi hier soir et à mon héros Jehan. Certains regardent par terre si quelque chose bouge. Rien ne sort du coussin. Avec précaution, je le remets en place en l'agitant.

— Ce n'est même pas vrai ! Tu m'as bien eue !

Amélie rit aux éclats, imitée bientôt par Laurie.

Tout le monde finit par sourire, même si chacun reste méfiant.

— C'est bon, vous pouvez vous rasseoir. Promis, on ne fera plus de blagues de ce genre, nous assure Amélie.

Dans la pénombre, je vois les filles obéir lentement, après avoir vérifié si quelque chose bougeait sur leur siège ou en dessous. Les garçons examinent aussi ce qui se trouve autour d'eux.

Le calme revient, mais l'ambiance est de plus en plus inquiétante.

— Élise, c'est à ton tour. Raconte-nous ce que tu as fait hier.

Déterminée, je me berce en les observant.

Le groupe me regarde en silence.

Seul le bruit de ma chaise résonne dans le grenier. J'arrête de me bercer, puis je commence mon histoire :

— Hier, je suis sortie en pleine nuit pour me cacher dans notre remise. Il faisait encore plus noir qu'ici.

Je leur explique mon aventure et la raison de cette expédition.

Pour ajouter du mystère, j'imite le bruit des êtres de glace en respirant très fort.

Puis, sans avertissement, je reprends vite mon bercement. Le craquement fait sursauter tout le monde.

— Mais le plus étrange, c'est mon rêve.

— Tu as dormi là ?

— Oui ! Au milieu... des souris ! dis-je d'une voix profonde.

J'exagère un peu, mais le but de la soirée est de faire peur. J'en vois frissonner.

— J'ai rêvé que j'étais dans l'histoire. Un vrai cauchemar.

Je leur parle de Félix, de Jehan, des êtres vêtus de noir et d'Éléonore. Cela leur donne le goût de lire ce roman. Le mystère continue de rôder dans le grenier.

À tour de rôle, chacun raconte une anecdote. Zachary choisit une histoire d'extraterrestres. Selon lui, il y en a parmi nous. Nous pouvons les reconnaître seulement grâce à leurs oreilles pointues. Tout le monde doit montrer ses oreilles. Elles sont toutes ordinaires. C'est tellement drôle.

Puis Louis-Philippe nous parle d'un fantôme qu'il voit et qui le suit partout. Nous rions de ces histoires inventées, mais il est le seul à conserver son sérieux.

— Ce n'est pas drôle, cela m'arrive réellement, précise-t-il.

Nous frissonnons à l'idée de le croire. La soirée se poursuit jusqu'à ce que la voix de ma tante nous surprenne :

— Les enfants, vos parents sont là !

Nos amis partent en se promettant de recommencer ce jeu et en remerciant mes cousines pour cette belle soirée. Après leur départ, les jumelles et moi continuons à nous raconter des histoires à faire peur.

*** 

Quand je reviens à la maison le lendemain, c'est la panique. Maman est inquiète, et papa ne tient pas en place.

— Qu'est-ce qui se passe ?

— Nous cherchons Marco depuis vingt minutes ! Nous avons fouillé partout sans le trouver.

— Avez-vous regardé dans la remise ?

— C'est le premier endroit où je suis allé, annonce papa.

Mes parents commencent à s'imaginer le pire.

Maman est au bord des larmes, et
papa crie de plus en plus fort le nom
de mon frère. Je descends au sous-sol,
dans la salle de jeux. J'entends un bruit
suspect. Ça vient du coin de la pièce.

Je m'avance et trouve Marco endormi,
au fond d'une grande boîte de carton.
Ses albums sont posés sur lui comme
une couverture. J'admire sa cachette.

— Marco ! dis-je d'une voix attendrie.

Mes parents arrivent en courant dans
la pièce.

Mon frère se réveille en se frottant
les yeux.

— Moi aussi, je suis capable de me
cacher ! s'exclame-t-il, fier de son coup.

# Une affaire
# à suivre

Le lendemain, Félix me rejoint dès que
je descends de l'autobus. J'ai tellement
de choses à lui raconter ! Je ne sais pas
par où commencer. L'aventure de la remise,
la visite chez mes cousines, le jeu dans le
grenier, le roman ou encore mon rêve.

Mais je sais ce qui l'intéresse :

— As-tu aimé le livre ?

— Il est génial !

Nous discutons sur les passages qui nous ont le plus marqués. Je ne lui dis rien de mon rêve. Je veux l'impressionner. Pourtant, c'est lui qui me confie quelque chose d'incroyable :

— Élise, je n'ai pas bien compris un passage.

— Ah oui, lequel ?

— Tu sais quand Éléonore reste figée. On dirait que quelqu'un l'a aidée à sortir de son engourdissement. Ce n'est pas expliqué dans le livre. L'auteur aurait dû mettre plus de détails là-dessus.

Je suis très étonnée de l'entendre me dire ça.

— Tu l'as remarqué, toi aussi ? ajoute-t-il.

— Euh... peut-être !

— Tu as bien l'air mystérieuse. Tu me caches quelque chose.

— Hum, non.

— Je te connais. Allez, c'est quoi ?

Je lui parle de mon aventure dans la remise.

— J'ai fait un étrange rêve. Si je te le raconte, tu vas me prendre pour une folle.

— Ma pauvre ! Il y a déjà longtemps que je le sais. Ce n'est pas grave. Plus on est fou, plus c'est drôle. Je suis comme toi.

Je souris à cette remarque.

— Alors tiens-toi bien : Éléonore a réagi grâce à moi.

— Quoi ? Tu as décidément trop d'imagination, mais j'aime ça !

Je lui raconte tout en détail. Il m'écoute attentivement.

— Wow ! C'est incroyable ! Tu me parles de ton rêve ou de ce que tu as lu ?

— Je ne le sais plus très bien.

Je détourne mon regard pour replacer mon sac à dos sur mon épaule.

— On dirait qu'il y a autre chose...

— Eh bien...

Je relève les yeux vers lui.

— Dans mon rêve, c'était toi, Jehan !

— Hein ?

Un sourire apparaît sur ses lèvres. Le bout de ses oreilles rougit. Je ne peux m'empêcher de penser que mon ami n'est pas un extraterrestre.

Je le vois se tortiller sur place,
un peu gêné.

— Moi ? Alors oui, tu es vraiment
folle ! Tu sais bien que c'est impossible,
j'ai toujours les mains gelées.

Nous éclatons de rire.

La cloche sonne.

— Tu me rejoins à la bibliothèque
ce midi ? Je dois rapporter mon livre en
attendant la suite, m'explique mon ami.

— Quoi ?

— Tu n'as pas lu la dernière page ?
C'est la plus importante !

— NON !

Je me rappelle m'être endormie
avant de le faire. Après, à mon réveil,
j'ai complètement oublié.

— Je ne te révèle rien ! Tu le liras toi-même.

— Je n'ai plus le livre. Maman l'a déposé à la bibliothèque. Allez, prête-moi le tien.

Il sort le roman de son sac et il me laisse lire la fin :

*Les deux héros, Éléonore et Jehan, étaient enfin réunis.*

*Soudain, un grand bruit résonna à travers la campagne, suivi d'un éclair aveuglant. Il illumina le ciel, obligeant tout le monde à fermer les yeux. Lorsqu'ils purent les ouvrir, une mauvaise surprise les attendait...*

— As-tu une idée de ce que c'est, Félix ?

— Non ! Et toi ?

Je secoue la tête. Je n'en reviens pas que l'histoire se poursuive.

— Merci, Félix ! Une chance que tu me l'as dit. J'ai hâte de lire la suite, même si ça va être long avant de la découvrir. Au moins, ça va me donner le temps de me trouver d'autres cachettes !

— Je n'ai aucun doute ! Tu vas en trouver !

— Ce ne sera pas facile, car j'ai promis à mes parents de ne plus les inquiéter. Ils n'ont pas aimé que je sorte en pleine nuit… À moins que…

Félix m'observe et me fait un sourire en coin :

— Toi, tu as déjà des idées pour relever ce défi !

— Mais oui !

Nous nous regardons sans rien ajouter, puis, comme nous en avons l'habitude, nous éclatons de rire.

Ce que je ne lui dis pas, c'est que, si c'est pour vivre une nouvelle aventure avec Jehan, je suis prête à tout !